1171

LE TEMPLE DE LA GLOIRE.

A MONSEIGNEVR
LE DVC D'ANGVYEN.

A PARIS,

Chez AVGVSTIN COVRBE', Imprimeur & Libraire ordi-
naire de Monseigneur le Duc d'Orleans, dans la
petite salle du Palais, à la Palme 1646.

AVEC PERMISSION.

LE
TEMPLE
DE LA
GLOIRE.

A Monseigneur le Duc d'Anguyen.

Vr le point que la nuit détend ses sombres voiles
Et que son Char d'ébene enuironné d'Estoiles
Roule dans le silence, & desia tout panchant,
Fait voir sa pompe noire aux portes du couchan,
I'estois dedans vn Bois, dont les feuïllages sombres
Sembloient seruir d'azile à ses mourantes ombres,
Et suiuy seulement de cent autres Guerriers,
Ie taschois de cueïllir quelques petits Lauriers.

A ii

Quand vn subit esclat espandu dans la nuë,
Me surprit tout ensemble, & l'esprit & la veuë.
Mille sons éclatans, mille brillants éclairs,
Furent en vn moment élancez dans les airs;
Et ie vis aussi-tost cette clarté suiuie
D'vne Diuinité, dont mon Ame rauie,
Ne se pouuoit lasser d'admirer les beautez,
Et par qui tout mes sens se virent enchantez.

Ses yeux estoient perçans; sa bouche estoit charmante;
L'Air fremissoit au bruit de sa voix estonnante.
Elle auoit d'vn costé des palmes dans la main,
Elle tenoit de l'autre vn puissant Cor d'airain,
Dont le son tout ensemble agreable & terrible,
Disoit ie ne sçay quoy de pompeux, & d'horrible;
Et ce grand Cor bruyant au deffaut de sa vois,
Reueilloit les Echos endormis dans les Bois.

Son corps estoit porté sur des aisles dorées,
Et de mille couleurs peintes & bigarées.
Elle voloit en rond, s'eslançoit dans les Cieux,
Et perçant dans la nuë eschapoit à mes yeux;
Puis quittant tout d'vn coup le sejour du Tonnerre,
D'vn vol prompt & leger elle razoit la Terre.

Et

DE LA GLOIRE.

Et laissant apres elle vn lumineux éclair,
De mille cercles d'or elle enrichissoit l'Air.

De ces viues clartez la Nuit épouuentee,
Dans ces gouffres profonds s'estoit precipitee;
Et moy-mesme incertain de cét euenement,
Ie me trouuay saisi d'vn long estonnement :
D'abord à son éclat, ie l'a pris pour l'Aurore,
Qui cherchoit dans ces Bois, le Chasseur qu'elle adore
Mais ie la cognus mieux, quand arrestant son cour
Elle vint m'aborder, & me tint ce Discours.

Mortels, escoutez-moy, ie suis la RENOMME̅E
Cette Robe d'azur de Fleurs de Lys semee,
Que ie porte, & qui flotte au gré du vent sur moy,
T'enseigne que ie sers le party de ton ROY,
Du valeureux ANGVYEN, i'anonce la victoire
Et vais par tout le Monde en publier la gloire.
J'estois aupres de luy dans ces Champs alarmez,
Où NORLINGVE a veu choir tant d'hõmes renom-
Ie soulageois son bras dans l'horrible journee,   (mez
Où le Danube a veu sa valeur couronnee
Par tant de hauts exploits & de sanglants trespas.
Je combattois pour luy, ie deuançois ses pas.

B

Semblable à ces éclairs qui precedent l'orage,
Ma voix faisoit trembler le plus ferme courage.
Et ma bouche semant la terreur de son Nom,
Y causoit plus d'effroy que celle du Canon.

 Ce fut moy qui portant cette frayeur secrette,
Fut cause que MERCY resolut sa retraite,
Quand il sçeut que d'un pas fier & majestueux,
ANGVYEN passoit les bords du Necre impetueux.
Depuis fuyant tousiours il déroboit sa teste,
Aux formidables coups de l'horrible tempeste
Qui menaçoit ses iours de la fureur des Cieux;
Et tel que les Titans armez contre les Dieux,
Il couuroit son grand corps de quelque aspre Montagne,
Et par tout à ce Prince il cedoit la Campagne:
Mais le Ciel qui se rit de ces remparts si vains,
Par sa prudence mesme aueugla ses desseins.

 Prés de NORLINGVE enfin il prend son auantage,
Et rangeant son Armée à couuert d'un Village.
Choisit un double mont, mais dans ce champ si beau,
Au lieu de son Azile il trouua son Tombeau.
Le Prince qui le suit d'une ardeur inuincible,
L'attaque dans ce lieu qu'il croit inaccessible;

DE LA GLOIRE.

Le prouoque, & le pousse à telle extremité,
Qu'enfin sa crainte cede à la necessité.
De la peur qui le trouble il passe à son contraire,
Et dans son desespoir il deuient temeraire;
Tel qu'vn Sanglier suiuy par le vaillant Chasseur,
S'arreste dans vn Fort, tourne en rage sa peur;
S'acule contre vn arbre, écarte tout, s'eslance
Et deschire les chiens de sa double deffence.

Tel l'orgueilleux MERCY repousse ses efforts,
Et couure en sa fureur la Campagne de morts.
Vn horrible combat de tous costez s'allume,
L'Air deuient enflamé, la Terre est teinte & fume
Du sang bouillant qui coule & tombe par torrens,
Sous des Monts entassez de corps morts & mouran
Sur des aisles de feu la mort impitoyable,
Vole de toutes parts, & se rend effroyable.

Par le spectacle affreux qu'estalle sa fureur,
Elle seme par tout le carnage & l'horreur.
Des mal-heureux blessez les plaintes lamentables,
Vn Tonnerre meslé de cris espouuentables,
Des cheuaux eschappez les fiers hennissements,
Et des mourans soldats les longs gemissements

Font de leur bruit confus retentir les Campagnes,
Et troublent les Echos des prochaines Montagnes.
La victoire balance, & son sort est douteux,
Le Prince voit des siens le desordre honteux :
Mais c'est dans le peril que sa vigueur redouble,
Du soldat esperdu sa voix calme le trouble.
Tout ce qui se rencontre il l'écarte ou l'abat,
Et sa seule vertu restablit le combat.

   Qui pourroit exprimer les soins, la vigilance,
La vehemente ardeur, l'incroyable vaillance
Et les faits merueilleux dont il s'est signalé,
Dans les sanglans dangers où son cœur l'a meslé.
Moy qui par tout ailleurs souuent trop exagere
Ie ne t'en puis tracer qu'vne image legere.
Ie dis tout ce qu'ont fait tous les Heros passez,
Ie dits ce qu'on peut dire, & n'en puis dire assez.

   Combien de fois la mort aueugle & forcenée,
A-t'elle menacé sa belle destinée.
Ie l'ay veu de deux coups dans le combat blessé,
Et i'ay veu de son Sang sur la terre versé,
Naistre mille Lauriers, dont l'immortel ombrage,
Sembloit mettre sa teste à l'abry de l'orage.

Dieux

DE LA GLOIRE.

Dieux que dans cèt eſtat il donna de terreur!
Ce grand Prince enflamé d'vne noble fureur,
Voyant couler ſon ſang, comme vn foudre s'eslance,
Force des Eſcadrons la ferme reſiſtance ;
Rompt les fiers Bauarois au Combat obſtinez,
Et rend tous les Guerriers de ſes faicts eſtonnez.
Ces hommes vagabonds qui ſont nez dans la guerre,
Exempts du tendre amour de leur natale terre ;
Ces intrepides cœurs redoutans ſes efforts,
Laiſſent MERCY leur Chef dans le nombre des mort
GLEEN demeure pris ; & le reſte en déroute,
Cherche pour ſe ſauuer quelque ſecrette route.

Comme les Aquillons dans les Airs eſlancez,
Font voir par leur fureur les Arbres renuerſez,
Font des plus hauts Rochers choir les maſſes cornuë.
Et chaſſant deuant eux vne troupe de Nuës,
Rendent le front du Ciel, net, tranquile & ſerein,
Et font regner par tout leur pouuoir ſouuerain :
Ainſi le Grand ANGVYEN, & les Chefs qui l'aſſiſte
Font tomber ſouz le fer tous ceux qui leur reſiſtent ;
Chaſſent des Bauarois les Bataillons épars,
Et ſe rendent le Champ libre de toutes parts.

C

La fureur & le bruit calment leur violence.
Les seuls cris de Victoire y troublent le silence.
NORLINGVE ouure sa porte, et reçoit dans son cœur
Le PRINCE Glorieux, Triomphant, & Vainqueur.
Le DANVBE troublé du bruit de sa Victoire,
En va porter l'effroy jusque dans la Mer NOIRE.
Et moy qui va semant son Nom par l'Vniuers,
I'ay desia visité mille Climats diuers ;
I'ay compté son Triomphe aux Peuples de l'AVRORE;
Ie l'ay dit au SARMATE, & ie l'ay dit au MORE;
I'en ay fait le recit dans le fameux séjour,
Qui voit choir dans la Mer le brillant Char du Jour,
I'ay trauersé les floss de la Mer ATLANTIQVE;
I'ay veu de bout en bout la Sauuage AMERIQVE;
Et ie n'ay point laißé de Climats souz les Cieux,
Que ma voix n'ait remply de son Nom Glorieux.

Il ne me reste plus que porter cette Histoire
Dans le séjour sacré du TEMPLE DE LA GLOIRE,
Où cent Peintres sçauans, cent sublimes Esprits,
D'vne noble fureur diuinement espris,
Trauaillent nuit & jour à l'immortelle Image
De ce PRINCE à qui méme ALCIDE rend hõmage.

DE LA GLOIRE.

Toy, qui dés ta naissance eut au Ciel quelque ardeur
Quelques rayons du feu d'immortelle splendeur,
Qui brille dans l'Esprit, & qui transporte l'Ame
Et dont l'Art d'APOLLON sçait conduire la flame.
Si la GLOIRE te plaist, suy mon vol ; & t'en vien
Trauailler auec eux, à l'Image d'ANGVYEN.

LA finit le Discours de l'Illustre COVRIERE.
Et la voyant desia reprendre sa Cariere,
Ie me sentis pressé de suiure sa Beauté,
Et me vis aussi-tost dans les Airs transporté ;
Ie ne sçay si ce fut mon corps, ou ma pensée :
Mais depuis le moment qu'elle fut eslancée,
Et qu'elle m'emporta dans la vague des Airs,
Nous vismes cent Citez, & cent vastes Deserts ;
Nous passâmes des Mers bruyantes & sauuages ;
Cent Fleuues renommez ; cent estranges Riuages ;
Des Monts ; de hauts Rochers ; des rapides Torrens,
Cent Païs diuisez de Climats differens ;
Et nous vismes enfin l'agreable Contrée,
Où dans vn lieu sacré la GLOIRE est adorée.

Sur le faiste esleué d'vn Mont audacieux,
Qui porte son sommet jusque dedans les Cieux,

LE TEMPLE

Et se fait voir bien haut au dessus du Tonnerre,
Des quatre endroits diuers qui partagent la Terre,
Dans le milieu d'vn Bois de Lauriers tousiours verts,
Qui n'ont jamais senty la rigueur des Hiuers.
Dans le plus beau sejour de toute la Nature,
Est vn Temple fameux d'admirable structure :
Ses hauts murs transparents sont d'vn brillant Cristal,
Où l'or semble imiter le lustre Oriental,
Dont l'Aurore en naissant peint les Celestes Plaines,
Où l'esclat qu'elle donne au Cristal des Fontaines ;
Tout ce que la Nature a de plus precieux ;
Ce que l'Art a trouué de plus industrieux ;
Et ce que le Ciel mesme a produit de merueilles,
Est compris souz l'enclos des voutes sans pareilles,
Qui de ce lieu sacré font le riche ornement,
Et semblent égaller celles du Firmament.

La Beauté que la Pompe & l'Esclat enuironne,
L'Auguste qualité qui les autres couronne :
Cette Reine des Cœurs qui triomphe du sort :
Ce seul bien des mortels qui reste apres la mort ;
Des plus vaillans Heros la passion premiere,
Et la possession qu'ils gardent la derniere,

La

DE LA GLOIRE.

La GLOIRE, de rayons d'immortelle splendeur,
Remplit de ce lieu sainct l'ample, & vaste grandeur
Là, des plus Nobles Cœurs reçoit des vœux sublime
Couronne de ses mains les sanglantes victimes,
Que la Valeur immole aux pieds de ses Autels;
Et se fait adorer mesme des Immortels.

Par cent portes de Cedre on entre dans ce TEMPLE
Le MERITE les ouure; & dans vne Cour amp
L'HONNEVR vient au deuant, caresser & flate
Ceux que la RENOMMEE y daigne presenter
Des plus fameux Mortels mille troupes errantes,
Vont cherchant par ce Mont des routes differentes;
Il a mille sentiers: celuy de la VERTV
Sans doute est le plus droit : mais c'est le moins batu
Il est aspre & penible; & de noirs precipices
Montrent des deux costez, la demeure des vices,
Qui rampent dans le fonds ainsi que des Serpents;
Et quelquefois masquez sur le sommet grimpants,
Arriuent inconnus à la porte sacrée,
Par force ou par adresse en penetrent l'entrée,
Se glissent dans le Temple, en profanent l'Autel;
Et ternissent la gloire, & son lustre immortel:

D

Mais le TEMPS ce vieux Iuge équitable & seuere,
Souffre pour quelques jours, qu'vn Peuple les reuere :
Puis en fin les descouure, & les chasse en fureur
Dans des Antres obscurs où Preside l'horreur :
Où la VERITE' triste éclaire l'INFAMIE ;
Et se montre en ces lieux leur plus fiere ennemie.

Là, dans le plus profond de ces valons affreux,
Paroist l'enfoncement d'vn Antre tenebreux,
Dont la vaste grandeur s'estend souz la Montagne,
Et forme souz ce Mont vne obscure Campagne,
Où l'on entend sisler mille horribles Serpents
Sur la teste d'vn Monstre, entassez & rampans.
Là, ce Monstre cruel qu'on appelle l'ENVIE,
Passe dans des Cachots sa miserable vie ;
Et voit par quelques trous de ses yeux de trauers,
La splendeur que la GLOIRE espand en l'Uniuers.
Là, ce Spectre viuant souz vne forme humaine,
Noircit tous les Rochers de sa puante haleine,
Vomit tant de venin qu'on n'en peut approcher ;
Et se rongeant le Cœur, ronge aussi le rocher ;
Et croit en le rongeant de sa dent sale & noire,
Sapper les fondements du Temple de la GLOIRE.

C'eſt ſur ce Mont ſacré ſi ſuperbe en Autels,
Où par de hauts ſentiers inconnus aux Mortels,
Ie fus enfin conduit par ma Guide fidelle ;
Et c'eſt dedans ce TEMPLE où ie fus auec elle.
Que de pompe & d'éclat ! que de viues clarteZ !
Que de brillans Treſors ! Que de rares BeauteZ !
Que de chants de Triomphe, & de hautes merueilles,
Rauirent en ce lieu, mes yeux, & mes oreilles !
Tous ceux qui dans quelque Art ont eu l'heur d'exceller,
Tous ceux dont les vertus ont fait leur Nom voller,
Par des faicts inoüis juſqu'au faiſte ſublime :
Où peut aller la vraye & raiſonnable eſtime,
Sont peints dans ce lieu ſainct, dont les murs ſont orneZ
D'vn amas infiny de Portraicts couronnez.

Ce beau ſexe orgueilleux pour qui l'autre ſoûpire,
Qui regne ſur nos Cœurs auec tant d'empire.
Ces ſuperbes beautez qui de tout l'Vniuers
Se ſont fait adorer en des ſiecles diuers :
Celles à qui l'Honneur, & leurs vertus diuines,
Acquirent juſtement le tiltre d'Heroïnes,
Ont deſſus des Autels leurs Portraits eſleuez,
Et ſur des lames d'or leurs beaux Noms ſont grauez

Au plus éminent lieu de ce TEMPLE admirable,
Ie vis deſſus vn Trône vne Image adorable,
D'vne Princeſſe en dueïl, de qui la Majeſté,
Les vertus ſans exemple, & l'extreme bonté,
Dans des champs que ſes ſoins conſeruët touſiours calmes
Faiſoient croiſtre les Lys à l'ombrage des Palmes :
Du genereux ANGVYEN, & la mere & la ſœur,
Prés d'elle y faiſoient voir leur grace & leur douceur.
Leurs auguſtes attraits captiuoient les plus braues ;
Et des Rois enchaiſneZ, de leurs charmes Eſclaues,
Teſmoignoient en tremblant deuant leur doux aſpect,
Tout ce que peut l'Amour dans vn profond reſpect.

Là, mille autres beauteZ des Mortels adorees
Ont d'immortelles fleurs leurs Images parees ;
Et deſſus leurs Autels mille Amans dans les fers,
Y ſont par l'Amour meſme en ſacrifice offers.
Parmy tant de beauteZ ie reconnus Siluie,
Et vis dans ſon Tableau l'Hiſtoire de ma vie ;
Son triomphe, mes fers ; ſa gloire, mes langueurs ;
Ses charmes, mes tranſports ; ma peine, & ſes rigueurs.
Enfin du grand ANGVYEN ie vis l'Auguſte Image.
Qui parmy les Heros auoit meſme auantage

Que

Qu'à RODES autrefois eut celle du SOLEIL,
Dont l'immenſe grandeur n'a rien eu de pareil.
Son port, ſa majeſté, ſa douceur, & ſa grace,
Du beau fils de CYTHERE, & du Dieu de la Trace,
Confondoient en ſon Corps le charme & la fierté ;
Son air tenoit en tout de la Diuinité ;
Tel, & moins braue encore, parût le jeune ACHILLE,
Quand on le vit quitter les delices d'vne Iſle,
Ou ſa beauté cachoit ſon ſexe, & ſa valeur ;
Et marcher tout armé pour le fatal malheur
Des Enfans de PRIAM, & des Tours de Pergame,
Que la fureur des GRECS deſola par la flame.
Le feu de ſon Eſprit paroiſſoit dans ſes yeux,
Comme l'Aſtre du Jour brille au trauers des Cieux.
La Magnanimité ; les Vertus les plus ſaintes,
Et ſa haute valeur ſur ſon front eſtoient peintes ;
Et dans vn air pompeux de Gloire, & de Grandeur,
Eſclatoient tous les traits de ſa guerriere ardeur.
Il tenoit dans ſes mains les flames du Tonnerre,
L'on voyoit ſouz ſes pieds tout le Plan de la Terre ;
Les Fleuues, les Citez, les Plaines, & les Bois,
Qui ſeruoient de Theatre à ſes fameux Exploits.
 Là, proche de ROCROY, cette orgueilleuſe Armée,
Souz qui la France en deuil deuoit eſtre opprimée,

stoit peinte en desordre, & l'YBERE abbatu,
Admiroit en mourant sa naissante Vertu.
BELLONE y faisoit voir les effets de sa rage,
Des Bataillons carrez l'effroyable Carnage ;
La pasleur des Blessez, leur mortelle douleur ;
La honte des Captifs, & leur triste malheur ;
La fiere AMBITION souz un sanglant Trophée ;
Et souz un tas de morts paroissoit estouffée.
Et d'immortels Rayons le PRINCE Couronné,
stoit peint sur un Char de Gloire enuironné.
THIONVILLE plus loing vaillamment deffenduë,
stoit à sa Valeur, & soubmise, & renduë.
es Mines, ses Assauts, ses Lignes, & ses Forts,
faisoient voir ses soins, & ses nobles efforts ;
t sa Prise dont l'heur tous nos malheurs surmonte,
sembloit par sa Gloire effacer nostre honte.
Le Combat de FRIBOVR disputé tant de jours,
ur des Monts dont la cime espouuante les Ours ;
t qui semblent armez de Roches effroyables,
Montroit de son grand Cœur des marques incroyables.
l estoit peint à pied, forçant les BAVAROIS
Dans l'effroy des Deserts, & dans l'horreur des Bois ;
t d'un front éclattant des rayons de la Gloire,
Chassant l'Aigle, & la Nuit hors de la Forest noire.

En ſuite, PHILISBOVRG, paroiſſoit aſſiegé,
Et deſſouz ſon pouuoir par ſes Armes rangé.
Cét orgueilleux Rampart qui couuroit l'Allemagne,
Et deuant qui tout autre euſt paſſé ſa Campagne,
Par l'effort du Canon dans peu de jours ouuert,
Montroit à nos Guerriers, l'EMPIRE à deſcouuer
Cent fameuſes Citez qui ſuiuoient ſon exemple,
Ouuroient à ſon Triomphe, et leur Porte, et leur Temple
Et le RHIN couronné de Jones & de Rozeaux,
Sembloit luy rendre hommage à moitié hors des Eaux
Dans les eſloignements l'on voyoit des Figures,
Qui du ſombre Aduenir montroient les Aduentures
Des Turbans abatus ; des Trônes renuerſez
Eſtoient par le Crayon confuſément tracez.
A meſure qu' ANGVYEN produit quelques merueille
Mille rares Eſprits luy conſacrent leurs veilles ;
Et ces traits que l'on voit ſeulement esbauchez,
Sont dans ce grand Tableau par leurs mains retouchez

Ce fut à ces puiſſants, & merueilleux Genies,
Qui reçoiuent du Ciel des graces infinies,
A qui la RENOMMÉE adreſſa ſon Diſcours ;
Et conta le Combat, où dans nos derniers jours,

ANGVYEN par des Exploits en tout inimitables,
Pour oppaiser des GOTS les ombres lamentables,
A fait prez de NORLINGVE un Sacrifice affreux
De leurs fiers Ennemis immolez auprez d'eux :
Ces Ministres sacrez du Temple de la GLOIRE,
Chanterent außi-tost cent Hymnes de Victoire ;
Et cherchant dans leur Art ce qu'il a de plus beau,
Peignirent ce Combat dans ce diuin Tableau.

    La GLOIRE me pressa d'ayder à cét Ouurage :
Mais un si haut Sujet estonna mon courage ;
Et me sentant trop foible en un si grand dessein,
De crainte le Pinceau me tomba de la main.
Alors dans le transport de mon Ame estonnée,
Ie m'escriay. DEESSE aux Honneurs destinée,
Ie n'oze desirer ny l'employ, ny le prix
Que reçoiuent icy ces Sublimes Esprits :
Mais pour mieux faire voir la violente flame,
Dont les vertus d'ANGVYEN ont embrazé mon Ame,
Ie demande qu'un jour combattant en mon rang,
Je puisse prez de luy respandre tout mon sang ;
Et tombant à ses pieds dans un jour de Victoire,
Y seruir en mourant de Victime à sa Gloire,

La

La Gloire sur le haut d'vn Trône estincelant,
Tournant sur moy l'éclat de son regard brillant;
Et deux fois doucement vers moy baissant la teste,
Montra qu'elle approuuoit mon ardente Requeste:
Mais ne pouuant souffrir les lumineux éclairs,
Que l'éclat de ses yeux eslançoit dans les Airs,
Mon esprit aueuglé perdit la connoissance;
Et ie ne sçay comment, ny par quelle puissance,
Quand ie me reconnus, & que j'ouuris les yeux,
Ie me vis dans le Bois, & dans ces mesmes lieux
Où ie fais retentir la SCARPE & ses riuages,
Au lent & foible bruit de mes petits rauages,
Comme vn torrent d'Esté qui dure peu de jours,
Et dont le bruit se perd aussi-tost que le cours.

Magnanime GONDY, dont l'Ame genereuse
Parmy les changemens d'vne Cour orageuse,
Plus ferme qu'vn écueil des tempestes battu,
A tousiours conserué son entiere vertu.
Toy de qui l'amitié constante, & non commune,
Console les ennuis de mon aspre fortune;
Reçoy ce que mon Zele a tracé dans ces Vers,
Pour le plus Grand HEROS qui soit en l'Vniuer

Ie sçay de quels respects ta passion l'honore.
Voi-le donc en ce Temple où ma Muze l'adore,
Approuue son Image ; & flattant mon dessein,
Rends quelque honneur au Dieu qui m'échauffe le sein.

F I N.

M

Permiſſion d'Imprimer.

IL eſt permis à AVGVSTIN COVRBE', Marchand Libraire à Paris, d'Imprimer ou faire Imprimer, vendre & debiter des Vers intitulez, *Le Temple de la Gloire, à Monſeigneur le Duc d'Anguyen*: Et deffences ſont faites à tous autres Imprimeurs & Libraires de les Imprimer ny contrefaire ſur les peines en tel cas requiſes. Faict ce huictieſme iour d'Aouſt mil ſix cens quarante-ſix. Signé, DAVBRAY.